les aventures de

Bob et Bobette

WILLY VANDERSTEEN

LES CHAMPIGNONS CHANTEURS

EDITIONS ERASME
ANVERS-BRUXELLES

Remis de leurs aventures du "Cercle d'Or," Lambique et Jérôme sont les invités de tante Sidonie, afin de reprendre leur souffle. Ils mènent une petite vie tranquille jusqu'au jour où...
...Brin de jardinage...
Moi, je vais au parc nourrir les petits canards.
Une tasse de café avant de partir, Lambique?
Mais oui, Sidonie, s'il est bien fort!
Ça alors, bien sûr. Tiens et dis-moi quand ce sera suffisant.
Au parc.
Je ne vous dérange pas, mon ami?
GROUM!
Ah monsieur! Quelle sécheresse! S'il ne pleut à la fin, l'eau sera plus chère que le vin!
GROUM!
Quel grincheux atrabilaire! On dirait quelqu'un devant son poste de TV!
Et toi aussi, glouton! Ne touche pas à leur menu, à ces petiots, sais-tu.
Et ne pas y toucher c'est ne pas y toucher! Entendu!
Monsieur, vous seriez bien aimable de garder ma petite Miouette un instant? Son chapeau s'est envolé!
Bien, mais je ne perdrai pas de vue ce gros glouton roux!
Mi... Miouette!!
?
2

?
Miquette a disparu!!
Ce monsieur était ici assis à lire son journal, il aura bien vu ce qui s'est passé!?... Mais, il n'y est plus?
Mais elle se sera cachée pour jouer comme tous les gosses. Je vais la chercher.
Je suis la bonne... Miquette est la fille de monsieur Duval... Et... et... je l'avais confiée à celui-là!
...Rappelez-vous le petit de Renault...
Je l'ai vu maltraiter un pauvre caneton!
A l'air innocent... Mais il se cache tout de même déjà dans les buissons!
ARRÊTEZ-LE!!
?
Ah, mais non! Et de plus me rendre suspect! Attendez!
Le voilà!
Le kidnapper!
Attrape, Fido!
Bon Dieu! Ils sont capables de me tailler en pièces.
Il avait l'air d'un anormal!
Un type sinistre!
Au poteau le kidnapper!
Ouf! Quels sauvages! Mais ici ils ne viendront pas me chercher.
LA NUIT.
Plus personne! Je vais de ce pas au bureau de police leur expliquer ce qui s'est passé.

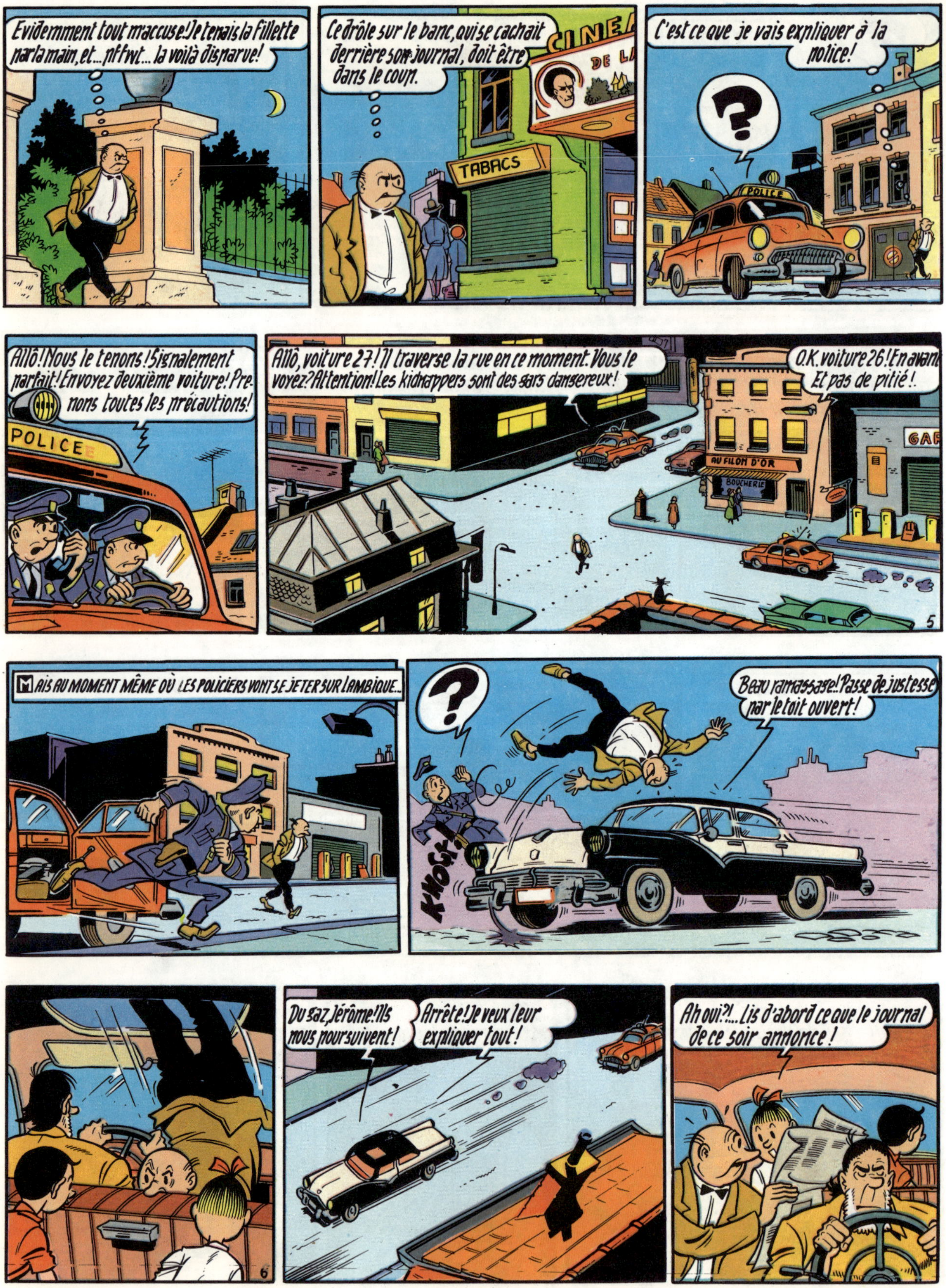
Evidemment tout m'accuse! Je tenais la fillette par la main, et... pffwt... la voilà disparue!
Ce drôle sur le banc, qui se cachait derrière son journal, doit être dans le coup.
CINEA
DE LA
TABACS
C'est ce que je vais expliquer à la police!
POLICE
Allô! Nous le tenons! Signalement parfait! Envoyez deuxième voiture! Prenons toutes les précautions!
POLICE
Allô, voiture 27! Il traverse la rue en ce moment. Vous le voyez? Attention! Les kidnappers sont des gars dangereux!
O.K. voiture 26! En avant Et pas de pitié!.
AU FILON D'OR
BOUCHERIE
GAR
MAIS AU MOMENT MÊME OÙ LES POLICIERS VONT SE JETER SUR L'AMBIQUE...
Beau ramassage! Passé de justesse par le toit ouvert!
KNOCK!
Du gaz, Jérôme! Ils nous poursuivent!
Arrête! Je veux leur expliquer tout!
Ah oui?!... Lis d'abord ce que le journal de ce soir annonce!

LE JOUR
ADMINISTRATION
AUDACIEUX RAPT DE FILLETTE DANS LE PARC MUNICIPAL
MIQUETTE DUVAL ENLEVÉE SOUS LES YEUX DE LA BONNE!
LE PÈRE DÉSESPÉRÉ OFFRE FORTE RÉCOMPENSE, LA POLICE A L'ORDRE D'A- ...S MERCI. SIGNALEMENT DU RAVISSEUR...
Photo récente
C'est stupide! Le type du banc, c'est lui le coupable.
TEUT. TUT.. TEUT. TUT!
C'est ce que nous pensons également, Lambique. Mais pour établir ton innocence il nous faudra mettre la main sur ce monstre.
Allô, bureau de police! Ici voiture 26! Ils s'engagent dans le quartier des usines!
Nous les tenons! Cette rue se rétrécit, ils ne sauraient passer avec leur voiture!
?
?
POLICE
Attention, Jérôme, c'est trop étroit!
RRRRRR
Conducteur habile... en équilibre sur deux roues...
VROUM!
Nous les avons semés! En aucun cas ils ne peuvent mettre le grappin sur toi, avant que nous ayons pu leur livrer le vrai coupable.
Tu ne pourrais pas prouver ton innocence et tu aurais une masse d'ennuis. Reste ici sans bouger. Bob et moi, nous ferons une enquête au parc!
PLUS TARD
Voici le journal derrière lequel se cachait ce type. C'est un bon début!
Un journal ou rien, c'est tout pareil, Bobette!
Que non! Il nous vaut une adresse, mon petit!
?

Chaque journal remis par le facteur porte au crayon l'adresse de l'abonné!
Ceci est donc l'adresse du type du banc.
Rue du Moulin 22
LE JOURNA
ADMINISTRAT
Allons avertir Lambique et Jérôme.
Aïe! Depuis quand y a-t-il une colonne Morris ici!
Justement...
Lambique est arrêté... ai pu m'esquiver... venez ici sous colonne chez moi... suis poursuivi!
Parfait, Jérôme! Nous tenons l'adresse du coupable.
Au bureau de police.
JE SUIS INNOCENT!
Ça, ils le disent tous! Nous allons voir!
Lambique, vous n'avez pas l'air terrible pourtant.
Ah, il s'en rend compte!
D'abord le calmer, et puis brusquement...
OÙ EST L'ENFANT?
Il essaie de me troubler. Je vais faire la sourde oreille.
L'agent? Dehors naturellement! Vous êtes un marrant, vous!
Durant des heures, Lambique résiste à un interrogatoire serré.
Je n'en peux plus! Je demande ma retraite dans une heure.
M. le commissaire, appliquons les réactions de la méthode de shock!
Un seau d'eau sur la tête, il sera saisi... il avouera... et j'aurai une bonne note!

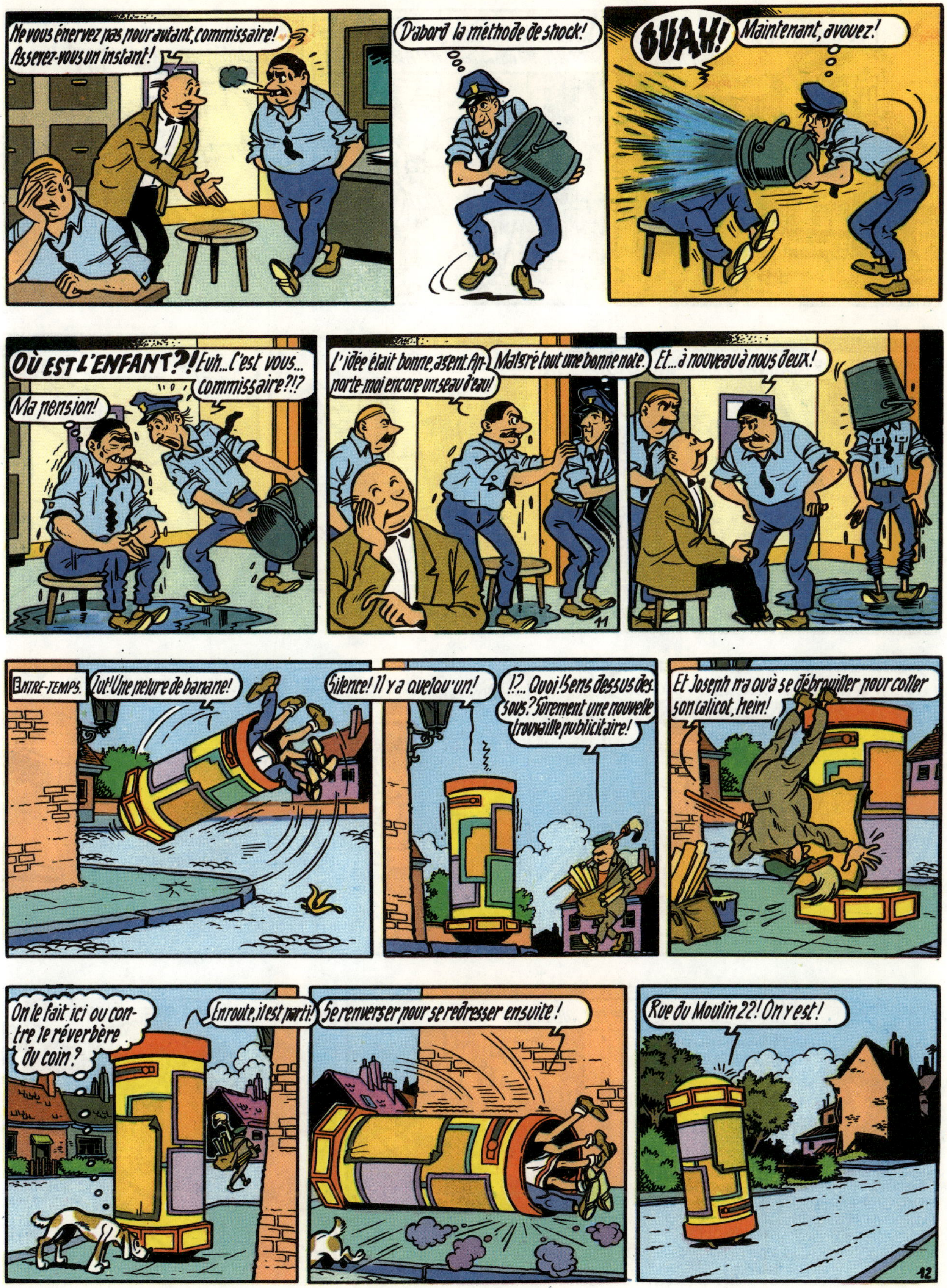
Ne vous énervez pas pour autant, commissaire! Asseyez-vous un instant!
D'abord la méthode de shock!
BUAH!
Maintenant, avouez!
OÙ EST L'ENFANT?!
Euh... C'est vous... commissaire?!?
Ma pension!
L'idée était bonne, agent. Ap-porte-moi encore un seau d'eau!
Malgré tout une bonne note.
Et... à nouveau à nous deux!
ENTRE-TEMPS.
Zut! Une pelure de banane!
Silence! Il y a quelqu'un!
!?... Quoi! Sens dessus dessous? Sûrement une nouvelle trouvaille publicitaire!
Et Joseph n'a qu'à se débrouiller pour coller son calicot, hein!
On le fait ici ou contre le réverbère du coin?
En route, il est parti!
Se renverser pour se redresser ensuite!
Rue du Moulin 22! On y est!

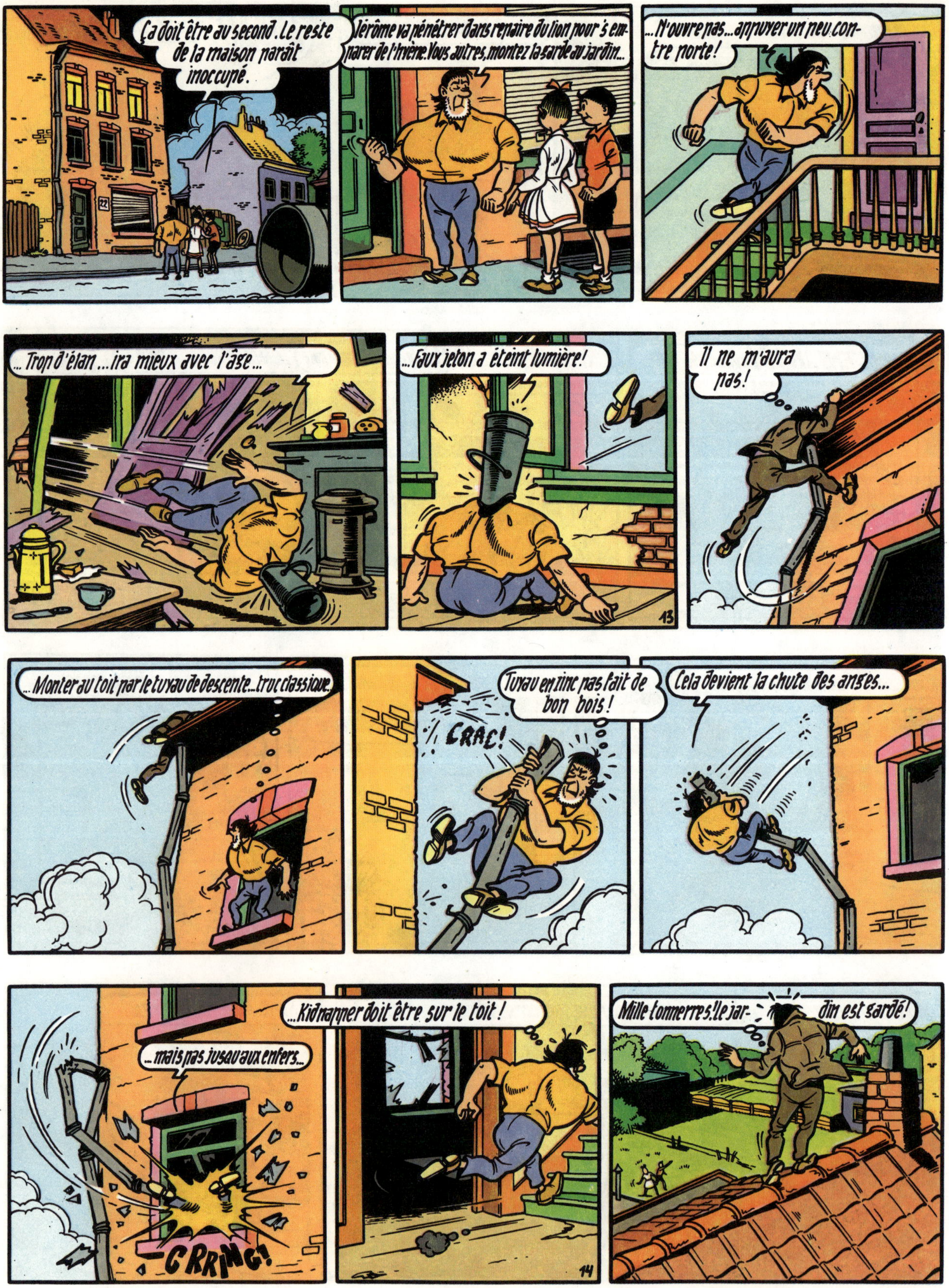
Ça doit être au second. Le reste de la maison paraît inoccupé.
Jérôme va pénétrer dans repaire du lion pour s'emparer de l'hyène. Vous autres, montez la garde au jardin...
...N'ouvre pas... appuyer un peu contre porte!
...Trop d'élan... ira mieux avec l'âge...
...Faux jeton a éteint lumière!
Il ne m'aura pas!
...Monter au toit par le tuyau de descente... truc classique.
Tuyau en zinc pas fait de bon bois!
CRAC!
Cela devient la chute des anges...
...mais pas jusqu'aux enfers...
CRRING!
...Kidnapper doit être sur le toit!
Mille tonnerres! Le jardin est gardé!

Où est Miquette?
Fiche-moi la paix! Je n'en sais rien!
Sans blagues! Etiez tout de même au parc!
Oui, j'étais au parc... Déguerpissez... Je ne l'ai pas, l'enfant... Je ne veux pas m'occuper de cette histoire.
Attention, malheureux!
Ne vous mêlez pas de cette affaire! Vous ne reverrez plus jamais l'enfant!
PLOUF!
Ecrabouillé, sans doute?
Non, il est tombé dans un camion chargé de balles de paille. Que faire à présent?
15
J'ai pris le numéro de la voiture!
Parfait... Moi je poursuis le ravisseur... Vous, fouillez la maison pour trouver Miquette... saisissez tous les documents dans sa chambre.
EN TÉLÉPHONANT À GAUCHE ET À DROITE, JÉRÔME APPREND QUE LE CAMION S'EST DIRIGÉ VERS LE CIRCUIT DE COURSES D'AUTOS. UN TAXI L'Y CONDUIT.
Pas vu un type dans cette paille?
Un type? Non!
?
Le voilà! Il vient de sauter du camion!
Dans un pareil bolide je saurai les semer tous!
Cette fois je le tiens!
4
VROUM!
Les grands as du volant m'ont toujours admiré!
16

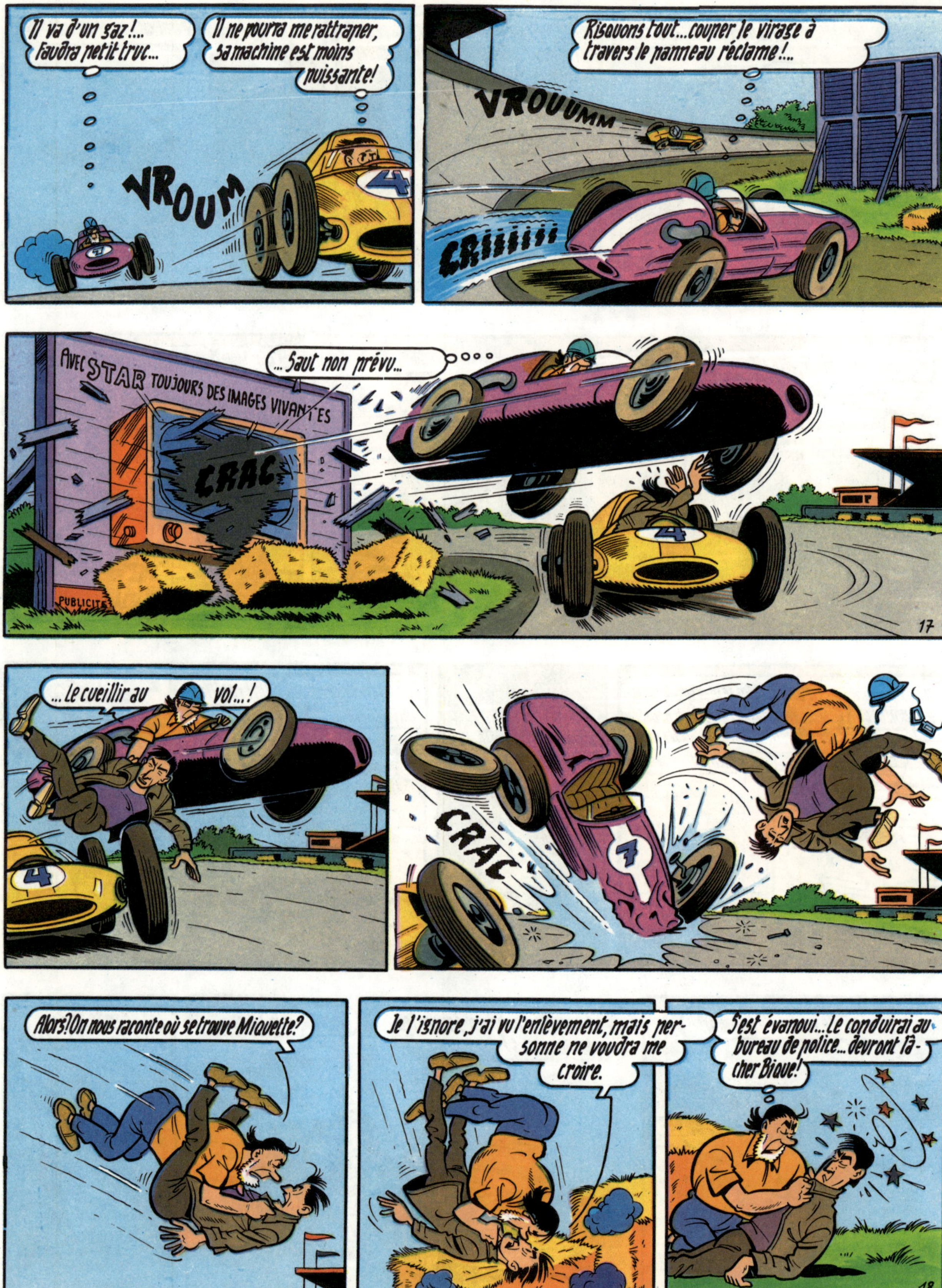
Il va d'un gaz !... Faudra petit truc...
Il ne pourra me rattraper, sa machine est moins puissante!
VROUM
Risquons tout... couper le virage à travers le panneau réclame !...
VROUUUMM
CRIIIIIII
AVEC STAR TOUJOURS DES IMAGES VIVANTES
PUBLICITÉ
... Saut non prévu...
CRAC
17
... Le cueillir au vol... !
CRAC
Alors? On nous raconte où se trouve Miquette?
Je l'ignore, j'ai vu l'enlèvement, mais personne ne voudra me croire.
S'est évanoui... Le conduirai au bureau de police... devront lâcher Bique!
18

APRÈS
Oui... j'étais assis sur ce banc... j'ai vu tout. Lambique est innocent... et moi aussi!
?
Encore un qui nie! Quel métier! Ma pension!... Pas de ça, hein! Agent, un seau d'eau!
Le commissaire apprécie ma méthode. Une bonne note pour moi!
Je vais tout dire!
QUOI? Avouer simplement sans interrogatoire! Je pense rêver!
Commence, sinon je deviens complètement fou!
J'étais assis sur le banc au parc quand...
19
... Lambique s'amena avec la petite Miquette... Il regardait les canards et ne vit pas qu'un ballon ayant la forme d'un champignon descendait.
Miquette se dégagea et tendit la main vers la ficelle au bas du ballon!
Et... alors... le ballon s'ouvrit, happa la fillette et remonta aussitôt.
Et... MOI je dois croire CELA?!
C'est la vérité!
Mais alors, pourquoi vous enfuir devant nous?
20

J'avais des dettes de jeu et comme l'enfant est quand-même perdue, l'idée me vint de demander une rançon.
Bah!
PERSONNE NE VEUT CROIRE LE RACONTAR ET COMME IL EST PROUVÉ QUE L'HOMME A ÉCRIT UNE LETTRE AU PÈRE DE MIQUETTE, IL EST INCULPÉ D'ESCROQUERIE ET ARRÊTÉ SUR LE CHAMP.
Toujours aucune trace de Miquette!
Et si c'était vrai, cette histoire de ballon?
Bobette attrapé coup de bambou?
Un ballon est pour moi quelque chose...
...de vivant... bercé par le vent... caressé par le soleil...
Ouf!... Elle est à nouveau prise par une envolée poétique!
?
21
Que personne ne bouge... Faites semblant de rien... Il y a un type dans le jardin, il nous guette!
...Me rue dehors... le saisir...
Non, non! Il nous épie par la fenêtre et prendrait la fuite!
Où se cache-t-il, Bobette?
Sous le poirier, Jérôme!
Ouf! Je croyais que Bobette m'avait découvert!
Restez tous tranquilles... Jérôme par le garage... ira le surprendre...
Enlever pavés... creuser couloir... m'approcherai du type sans être vu...
22

Comme c'est simple! Et d'autres chercheraient des complications!
Bon dieu! On dirait des taupes de taille à l'oeuvre ici!
Soit! Mais je ne peux pas me laisser distraire!
VUUH!
En avant! Jérôme le tient! Allons voir qui c'est!
23
Laisse, Jérôme! C'est monsieur Duval, le père de Miquette!
Ah... excusez-moi, je suis désespéré... La police ne croit pas à cette histoire de ballon, mais moi... oui! Et je voulais m' assurer que vraiment vous n'étiez...
...pas dans le coup du ballon. Oui, cela paraît incroyable, mais l'escroc n'avait aucun intérêt à mentir... je vais mourir de chagrin, si Miquette ne m'est pas rendue...
Monsieur Duval, nous allons vous aider. Ne désespérez pas. Ayez confiance, nous allons nous en occuper!
Si ce ballon existe, nous le retrouverons. Haut la tête! Une bonne goutte et un peu de musique vous remettront du coeur au ventre!
...après la disparition mystérieuse de Miquette Duval, un second enlèvement d'enfant s'est produit aujourd'hui...
24

Pierrot Fardeau a disparu de son domicile, rue de la Tour, sans laisser de traces. La police ...
Pas de traces! A nouveau ce ballon!
Bobette, ne parle plus de cette histoire absurde de ballons. Ça me donne sur les nerfs!
Oui, les femmes ne peuvent jamais donner leur opinion.
Mettre un chapeau, enfiler un veston et je pars à la recherche! "Mancipation" n'est pas un vaine parole!
Et bien, seigneur de la création, pourquoi ce sourire narquois? Aurais-je mis tes frusques?
Non, celles de Lambique!
Zut! Je vais en reconnaissance à la rue de la Tour!
RUE DE LA TOUR
Donc c'est ici! Les voisines ne tarissent de commentaires sur l'évènement!
Rendez-vous compte... Le petit Pierrot jouait au jardin et puis... d'un coup... il n'y était plus. On a dû porter la pauvre madame Fardeau à la clinique!
Donc la maison est inoccupée, c'est le moment d'y aller jeter un coup d'oeil!
D'un bond j'aurai franchi ce mur.
Un jardinet comme tant d'autres!
Quelques légumes, un peu de fleurs. Ce n'est pas ici que je trouverai la clef de l'énigme.

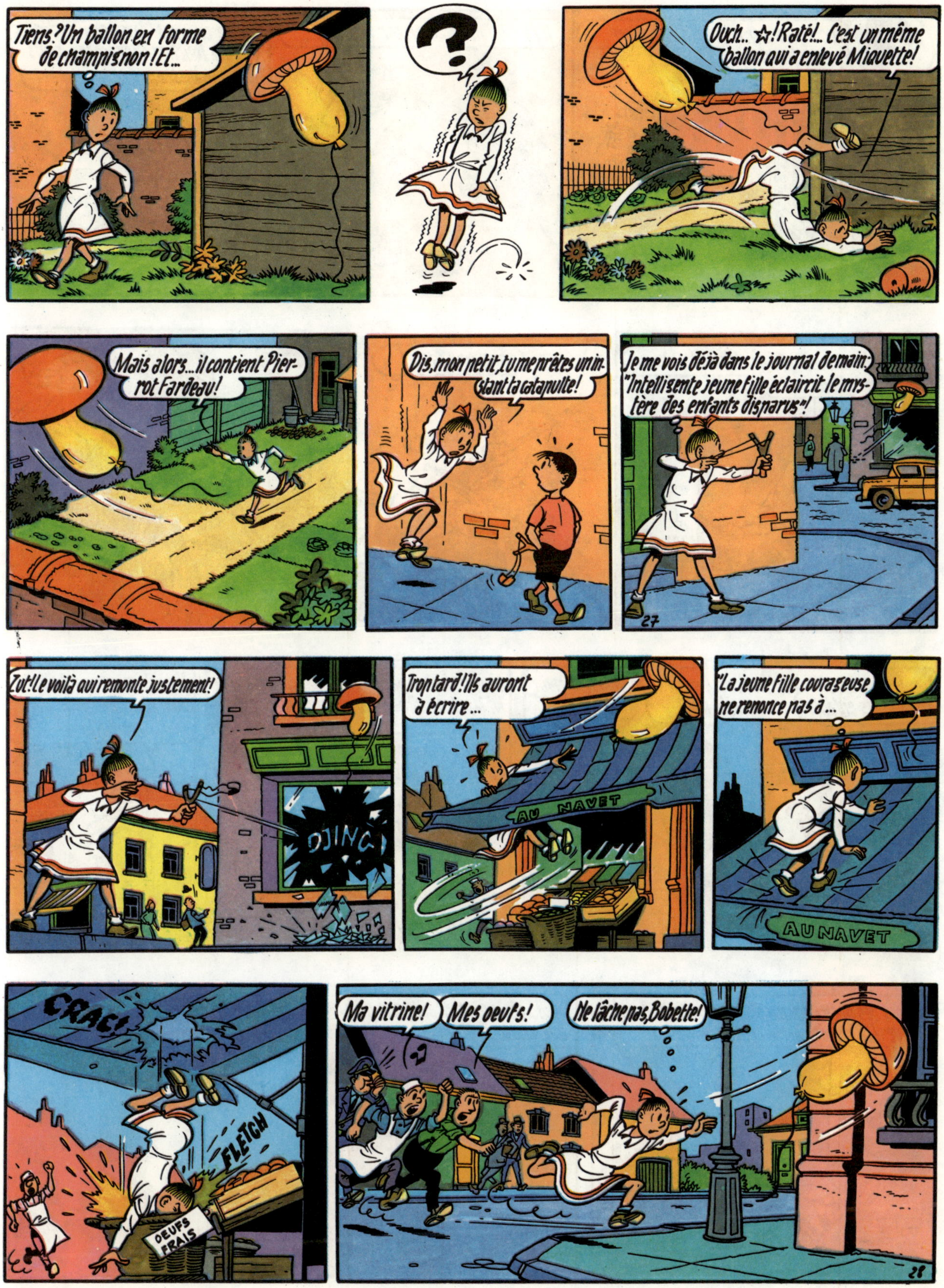

Tiens? Un ballon en forme de champignon! Et...
?
Ouch.. ☆! Raté!.. C'est un même ballon qui a enlevé Miquette!
Mais alors... il contient Pierrot Fardeau!
Dis, mon petit, tu me prêtes un instant ta catapulte!
Je me vois déjà dans le journal demain: "Intelligente jeune fille éclaircit le mystère des enfants disparus"!
Zut! Le voilà qui remonte justement!
DJING!
Trop tard! Ils auront à écrire...
AU NAVET
"La jeune fille courageuse ne renonce pas à ...
AU NAVET
CRAC!
FLETCH
OEUFS FRAIS
Ma vitrine!
Mes oeufs!
Ne lâche pas, Bobette!

?
Je dois les semer, sinon le ballon m'échappe!
Il faut lui pardonner, car il ignore...
Mille excuses! Je paierai les dégâts. Venez toucher chez nous... mais, de grâce, laissez-moi ce ballon!
Hourrah! Il reste accroché aux fils du téléphone! Je le tiens!
...quoi qu'il fasse!
?
Les... les ballons qui... enlèvent les enfants!
Eh! Dis donc! Il s'agit de mon gagne-pain, ne l'oublie pas!
Mais un ballon pareil a enlevé Miquette. Et celui-là se trouvait au jardin chez Pierrot!
Simple coïncidence! Je vends mes ballons à la foire pour le bonheur de tous les enfants!
Vous devriez voir briller leurs yeux! Ils rêvent de ces ballons!
Ce sont des petits joyaux volants, brillants de couleurs vives! Et non des ogres cruels, compris!
Oui... et... pourtant... ils ont quelque chose d'étrange...
... je n'en démords pas... Pierrot Fardeau est enfermé dans ce ballon-là.

Oh! Pourvu qu'il n'aille pas se crever au pointes du paratonnerre!
PAN!
Pas... pas... de... Pierrot?
?
Je pense qu'une certaine Bobette va encaisser une bonne semonce!
Et tante n'a qu'à payer, pas vrai!
Voyons tante, elle croyait bien faire ; j'y mettrai de ma tirelire!
Très noble, Bob...
...mais mal à propos. Cette gosse entêtée doit, une fois pour toutes, être sévèrement punie...
Je...hic...ne le ferai...hic... ...plus jamais!...
Voyons, voyons, Bobette, n'y pensons plus. Mais tu ne crois plus aux mystérieux ballons?
31
Non, un ballon est un peu de gaz enveloppé d'une petite peau.
Fort bien! Et maintenant je vous invite à la foire.
Par ici les as du biceps! Trois coups pour 5 frs!
METRO
Qui ébranle la sonnette, gagne une fleur!
...faudra déterrer le jeu... ai encore droit à deux coups!
TONC
32
Tu vois, Lambique, la vue d'un de ces ballons ne me fait plus rien!
Oui mais, attends un peu...

Il se pourrait pourtant que ces ballons... mais oui ...leur dimension... leur forme spéciale... et puis...
Ça, c'est renversant!
D'abord je ne suis qu'une petite nigaude entêtée, et maintenant vous commencez à y croire vous-même!
Moi, du tout, Bobette! Uniquement une idée en l'air!
...Jérôme envie de manger des gaufres... beaucoup... de grandes... des beignets également!
TEA ROOM
VICTOR
GAUFRES
Entrez ici, je viens de suite. Mangez en tout votre soûl, c'est moi qui régale!
...avez carnet de chèques..?
Il faut remonter jusqu'au point initial: d'où viennent ces ballons? Faut être Lambique pour avoir d'aussi bonnes idées!
Le marchand de ballons! Je dois lui parler!
Ballons! De merveilleux ballons! Gonflés par vous, dirigés par vous!
Regardez bien. Le grand monsieur va vous le montrer!
Souffler toujours!
Faire impression!
PAN!
Ahahah! Bien amusant! Pour chacune un ballon s.v.p.
Mon ami, dites-moi: qui vous livre ces ballons?

Je les achète aux demoiselles Toutebiche. Elles ont plusieurs carrousels à cette foire... De bonnes gens mais un peu drôles!
Ici je trouverai quelques lumières sur cette affaire!
TOUTE-BICHE
Mademoiselle, j'ai l'honneur de vous demander de vouloir m'accorder un entretien!
Un moment!
SMASH!
Alerte, petites soeurs! Aux retouches! Il s'est présenté un beau nour nous voir!
Entrez, noble chevalier!
35
Asseyez-vous, chevalier!
Mais Lili, ne pourras-tu jamais retenir qu' il n'y a plus de chevaliers!
Mesdames, je me nomme Lambique et...
Une tasse de thé, prince!
Lolo, monsieur n'est pas un prince.
Bien... euh... je voulais vous demander...
Ssst! Lala a déjà deviné qu'un monsieur préfère une bonne goutte.
...si vous... grmpff... pouvez... grmpf.. me dire... grmpf...
Encore une friandise se, prince?
Ou un fruit, monsieur?
Une petite douceur de Lili?
Du calme, Lolo, tu pourrais nous trahir! Et... au fait... nous ignorons toujours le but de sa visite!
36

Oh, Lala, fais-le revenir!
Du calme, petites soeurs! Prenons garde à ne pas trahir nos intentions avant la réussite de nos plans.
AU SALON DE DÉGUSTATION.
...Et ces folles filles m'ont bourré de pâtisserie. Je n'ai pas pu placer un mot!
...Jeûner un peu... puis y retourner...
Ça, jamais! Plus jamais je n'y mettrai les pieds! Et quand je dis jamais c'est...
Eh... que t'arrive-t-il, Lambique?
Euh... jamais... euh... Je... je... retourne un moment chez ces soeurs Toutebiche!
Notre prince nous revient grâce à notre bien gentille soeur!
Oh Lili, je le fais aussi un peu pour moi-même. Mais ne rien trahir!
37
UN PEU PLUS TARD...
J'aimerais savoir ce que ces ballons, que vous fabriquez, ont de spécial?
Ces ballons peuvent s'envoler dès qu'ils sont gonflés parce que nous y mettons quelque chose, mais ceci est notre secret de fabrication!
HO!
HA!
Avez-vous déjà remarqué que chaque fois qu'un enfant disparaît un de vos ballons se trouve à proximité?
Ah!! Une cuirasse pour celui-là!
Un vrai tueur de dragons!
Excusez, mesdames, je disais donc que...
JE DISAIS DONC...
Cela est renversant! D'abord je suis leur chevalier, leur prince... et d'un coup elles oublient même ma présence!
38

Viens, Jérôme, il n'y a rien à en tirer. Ces dindes sont complètement dingues!
?
Eh! Stoppez! Assassin! Chauffeur de dimanche!
Gare !! Les freins sont cassés!
TONC! TONC!
Laisse-moi!... vais l'arrêter...
Trop tard! C'en est fini de nous!
CRiii
Cela tient du miracle! Les freins ne fonctionnaient plus et pourtant mon camion s'est arrêté à 10 cm près! Jamais vu cela.
N'ai rien fait non plus...
?
C'était merveilleux, Lala! Démène toi encore une fois et attire chez nous ce charmant musculeux.
39
Non, soeurettes, cela suffit pour le moment! Nous pouvons nous estimer heureuses que personne n'ait remarqué comment j'ai stoppé ce camion!
Là... Bob et Bobette... on dirait qu'ils ont des ennuis?
Mais j'ai payé, monsieur! Seulement, j'ai perdu mon jeton.
Prenez vos JETONS à la CAISSE
Nous connaissons ces trucs-là! Une bonne raclée te le désapprendra!
Vais la lui fermer, à cette brute!
Laisse, Jérôme, c'en est un de ma force!
Vaudra mieux connaître force des autres... permettez...?
40

Tout malotru que vous êtes, on vous donne encore une occasion de vous excuser...
?
Voilà, à ma manière, tronçon mal dégrossi!
CRAC!
...Ai pris ma tête de bois... du bois très dur...
Regarde Bob, il se passe quelque chose auprès du marchand de ballons!
41
Donc, vous les avez vues... quatre fillettes en tenue d'écolières... et elles vous ont acheté chacune un ballon!
Mais oui, monsieur l'agent! Leur est-il arrivé quelque chose?
Disparues, mon vieux!... Ici, à la foire!... Pffouit!... Comme de la fumée... sans laisser des traces!
Et tout cela à notre foire!
Mes enfants ne reviendront plus ici!
Cela fait six... six enfants disparus en quelques jours!
Mesdemoiselles Lili, Lala et Lolo! Quelle catastrophe! Chaque fois qu'un enfant disparaît, il y a un de nos ballons! Vous êtes quand même sûres que...
Voyons Célestin! C'est du pur hasard! Mais... ce qui est plus grave ...les parents ne permettront plus à leurs enfants de venir à la foire!
C'est vrai! Il nous faut trouver ces kidnappers sinon notre commerce est ruiné!
Le tueur de dragons!
42

Jérôme et Lambique pourraient surveiller la foire. Nous leur offrirons une besogne dans une de nos baraques. Venez dans la pièce à côté.
C'est une bonne idée, Lili. Le personnel de nos scooters vient justement de démissionner!
Silence maintenant. Je vais chercher dans notre boule magique où se trouve cet Hercule à la double musculature!
Là! Le céleste tueur de dragons est chez lui à lire le journal!
C'est trop éloigné. Ma puissance ne pourra le toucher à pareille distance.
Essaie quand même de l'amener jusqu'ici, Lala!
Mais qu'est-ce qu'elles peuvent bien manigancer là?... Ce n'est peut-être pas comme il faut... mais risquons un coup d'oeil.
Chut! Célestin, le marchand de ballons, nous écoute à la porte!
Vite, éclipse-le, Lili!
Célestin, oublie tout et disparais!
Pardi, Lili! Le voilà déjà parti!
PFT!
Et maintenant j'appelle le valeureux prince à la charpente de boeuf!
CHEZ...
...Jérôme soif... Bobette faire un peu de thé?...
Tante,... Jérôme désire du thé... mettons la grande marmite au feu!
BONG!

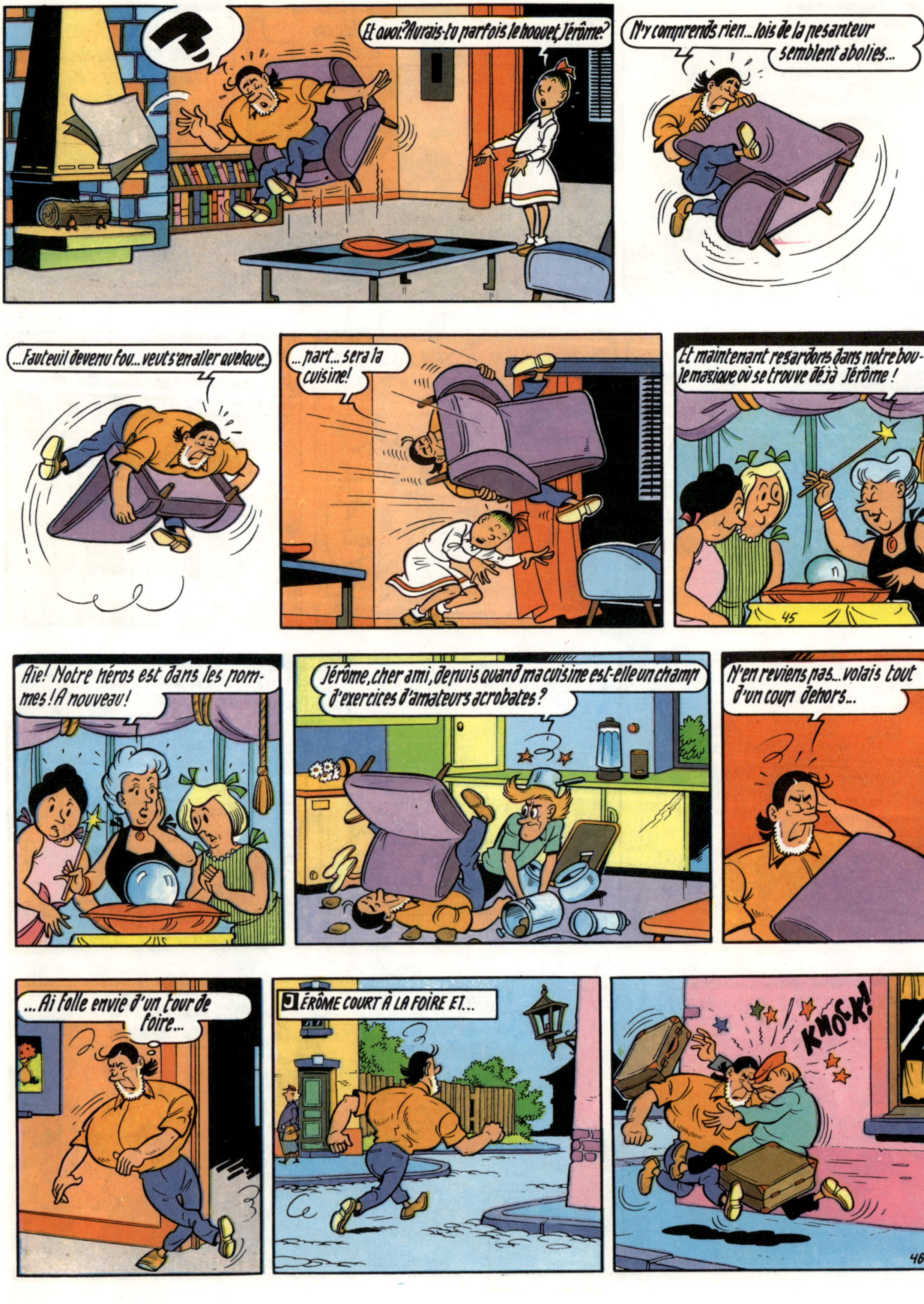
Et quoi? Aurais-tu parfois le hoquet, Jérôme?
N'y comprends rien... lois de la pesanteur semblent abolies...
...Fauteuil devenu fou... veut s'en aller quelque...
...part... sera la cuisine!
Et maintenant regardons dans notre boule magique où se trouve déjà Jérôme!
45
Aïe! Notre héros est dans les pommes! A nouveau!
Jérôme, cher ami, depuis quand ma cuisine est-elle un champ d'exercices d'amateurs acrobates?
N'en reviens pas... volais tout d'un coup dehors...
...Ai folle envie d'un tour de foire...
JÉRÔME COURT À LA FOIRE ET...
KNOCK!
46

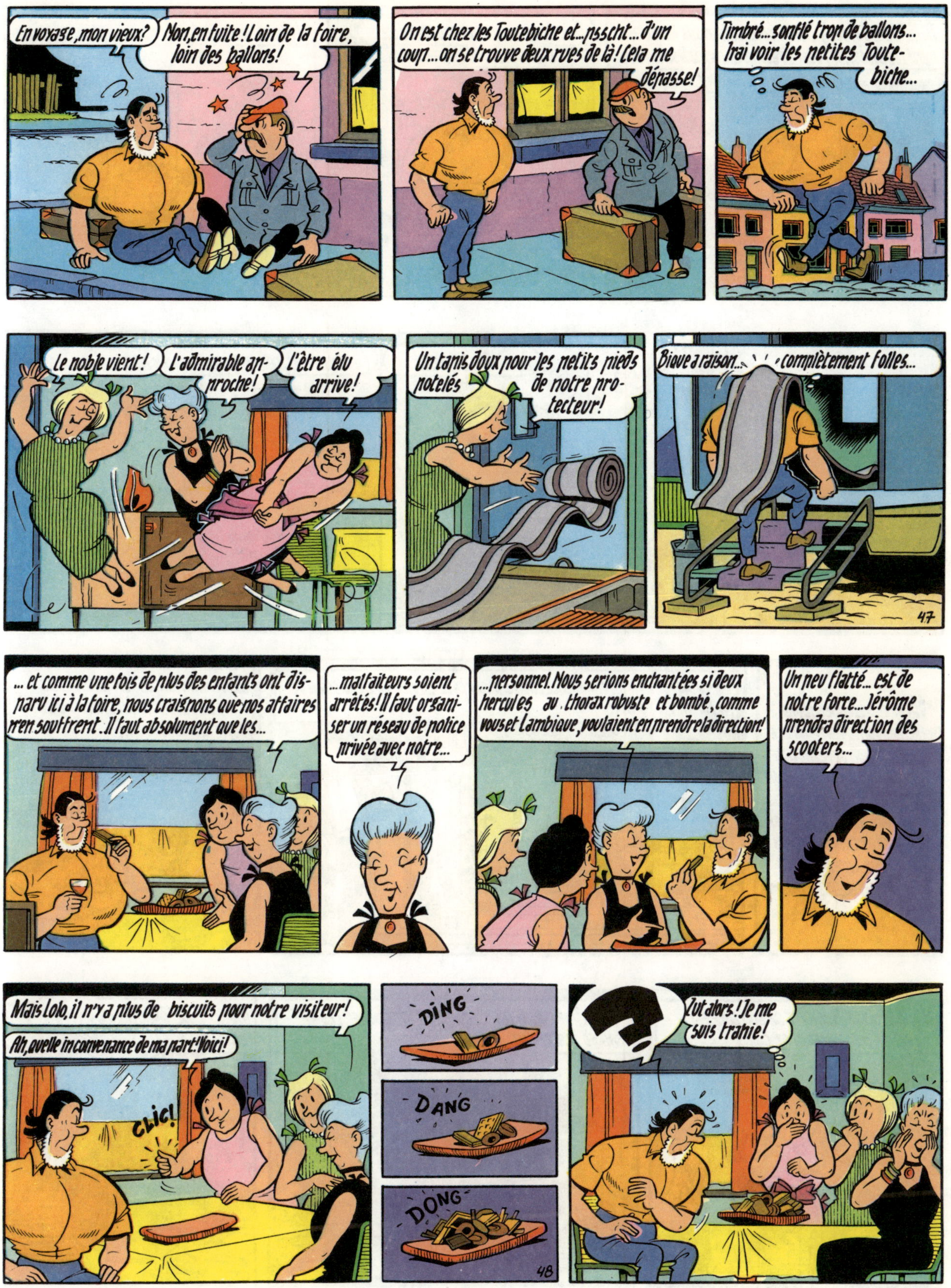
En voyage, mon vieux?
Non, en fuite! Loin de la foire, loin des ballons!
On est chez les Toutebiche et... psscht... d'un coup... on se trouve deux rues de là! Cela me dépasse!
Timbré... soufflé trop de ballons... Irai voir les petites Toutebiche...
Le noble vient!
L'admirable approche!
L'être élu arrive!
Un tapis doux pour les petits pieds potelés de notre protecteur!
Bique a raison... complètement folles...
47
... et comme une fois de plus des enfants ont disparu ici à la foire, nous craignons que nos affaires n'en souffrent. Il faut absolument que les...
... malfaiteurs soient arrêtés! Il faut organiser un réseau de police privée avec notre...
... personnel. Nous serions enchantées si deux hercules au thorax robuste et bombé, comme vous et Lambique, voulaient en prendre la direction!
Un peu flatté... est de notre force... Jérôme prendra direction des scooters...
Mais Lolo, il n'y a plus de biscuits pour notre visiteur!
Ah, quelle inconvenance de ma part! Voici!
CLIC!
DING
DANG
DONG
48
Zut alors! Je me suis trahie!

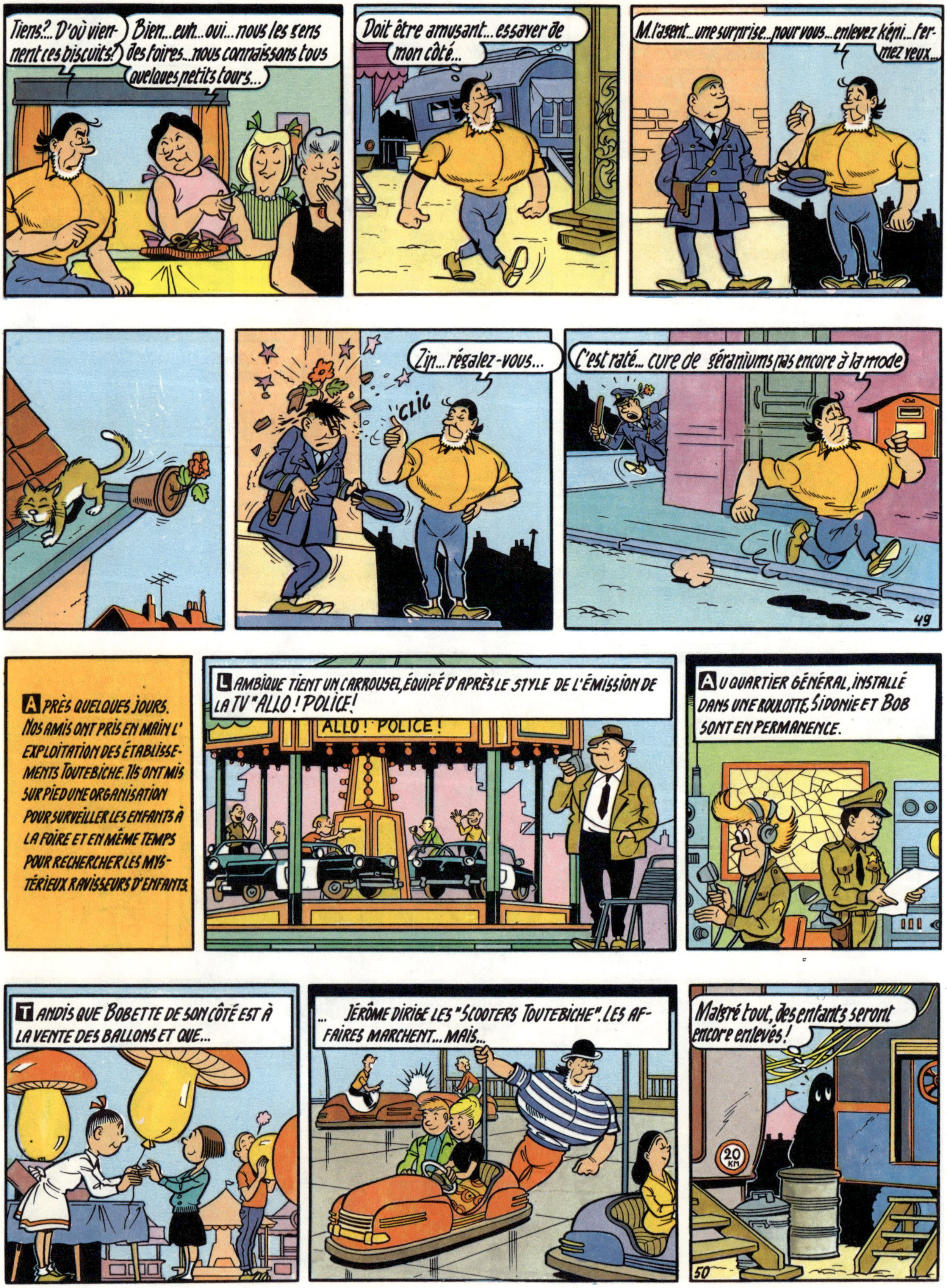
Tiens?.. D'où viennent ces biscuits?
Bien... euh... oui... nous les gens des foires... nous connaissons tous quelques petits tours...
Doit être amusant... essayer de mon côté...
M. l'agent... une surprise... pour vous... enlevez képi... fermez yeux...
Zip... régalez-vous...
CLIC
C'est raté... cure de géraniums pas encore à la mode
49
APRÈS QUELQUES JOURS. NOS AMIS ONT PRIS EN MAIN L'EXPLOITATION DES ÉTABLISSEMENTS TOUTEBICHE. ILS ONT MIS SUR PIED UNE ORGANISATION POUR SURVEILLER LES ENFANTS À LA FOIRE ET EN MÊME TEMPS POUR RECHERCHER LES MYSTÉRIEUX RAVISSEURS D'ENFANTS.
LAMBIQUE TIENT UN CARROUSEL, ÉQUIPÉ D'APRÈS LE STYLE DE L'ÉMISSION DE LA TV "ALLO! POLICE!
ALLO! POLICE!
AU QUARTIER GÉNÉRAL, INSTALLÉ DANS UNE ROULOTTE, SIDONIE ET BOB SONT EN PERMANENCE.
TANDIS QUE BOBETTE DE SON CÔTÉ EST À LA VENTE DES BALLONS ET QUE...
... JÉRÔME DIRIGE LES "SCOOTERS TOUTEBICHE". LES AFFAIRES MARCHENT... MAIS...
Malgré tout, des enfants seront encore enlevés!
20 KM
50

BALLONS
Tu ne parviens pas à le gonfler, fiston? Viens, je vais t'aider...
...car il y a souffler et souffler!
Allô, Quartier Général?... Ici Bobette! Viens de vendre un ballon à petit garçonnet non accompagné.
Quartier Général... reçu avis. Agent patrouilleur Bob se met en route!
Lambique, il y a du boulot. Maintiens le contact avec le Quartier Général!
HP
Allô, Quartier Général?... Le ballon n°5 s'engage dans l'Impasse de l'Indépendance!... Je le suis à distance!...
FRITURE
Malheur!... Allô!... Le gosse du ballon n°5 vient de disparaître sans laisser traces, dans l'impasse. Le ballon monte lentement; je vais le capturer!
?
Mille tonnerres! Le vent l'emporte!
Garçonnet introu- vable... ballon m'a échappé... attends ordres!...
Le gamin ne peut avoir quitté la ruelle. Alors... alors ... serait-ce quand même le ballon?... Descends-le, Bob!
Je vise au sommet... On ne sait jamais... si le petit a été englouti?...
PAN!
PAN!
Allô, patrouilleur Bob! Tu l'as touché?... Oui!... Et?...

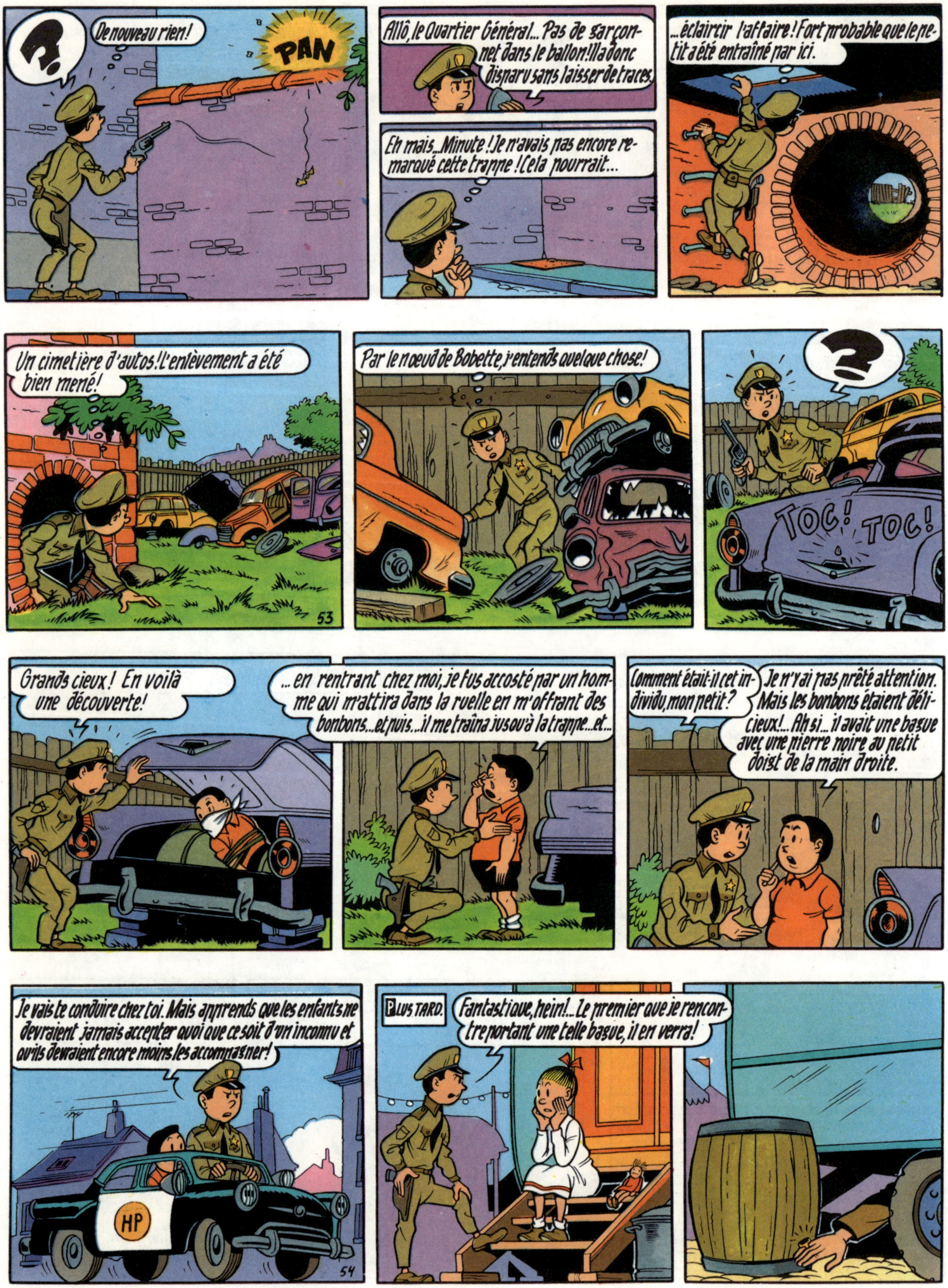
De nouveau rien!
PAN
Allô, le Quartier Général... Pas de garçonnet dans le ballon! Il a donc disparu sans laisser de traces.
Eh mais... Minute! Je n'avais pas encore remarqué cette trappe! Cela pourrait...
...éclaircir l'affaire! Fort probable que le petit a été entraîné par ici.
Un cimetière d'autos! L'enlèvement a été bien mené!
Par le noeud de Bobette, j'entends quelque chose!
TOC! TOC!
Grands cieux! En voilà une découverte!
...en rentrant chez moi, je fus accosté par un homme qui m'attira dans la ruelle en m'offrant des bonbons... et puis... il me traîna jusqu'à la trappe... et...
Comment était-il cet individu, mon petit?
Je n'ai pas prêté attention. Mais les bonbons étaient délicieux!... Ah si... il avait une bague avec une pierre noire au petit doigt de la main droite.
Je vais te conduire chez toi. Mais apprends que les enfants ne devraient jamais accepter quoi que ce soit d'un inconnu et qu'ils devraient encore moins les accompagner!
HP
PLUS TARD.
Fantastique, hein!... Le premier que je rencontre portant une telle bague, il en verra!

Ciel! Regarde... une main et une bague noire!
Fais le tour, Bob! Moi, avec cette mas-se je donnerai...
...un bon coup à cette main criminelle.
BONG!
...mais comment pouvais-je savoir que tu venais d'acheter cette bague à la foire et que tu cherchais ton stylo!
Pas moyen de causer avec Lambique si ce n'est de mains et de marteaux... Mais..? Voilà le comble!
KNOCK!
55
Ah le marrant! Nous, on enquête, on se démène... et ce cher ami ne fait que s'amuser aux scooters!
...Suis en service commandé pour les petites patronnes... N'y peux rien si je suis beau garçon...
JÉRÔME EST VRAIMENT EN FAVEUR AUPRÈS DES SOEURS TOUTEBICHE ET IL EST CHOYÉ PAR ELLES. EN COMPENSATION IL RELÈVE SES AMIS POUR LA GARDE DE NUIT.
Tout est calme... même petits chevaux de bois dorment...
...Ombre d'un ballon... Est suspect!
56

Chcht, Jérôme, je t'apporte un gâteau!
...pour égayer la garde. Mais pas un mot à Lili ni à Lala... entendu?
Lo...merciements.
Aïe! Elle ne peut voir mon gâteau pour Jérôme.
Euh... je me promenais un peu...
Euh... oui... moi aussi...
Euh... aussi en balade, Lili?
...peut devenir amusant...
...eh... oubliais mon ballon...
57
Ballon entré chez Toutebichettes... ?... Bizarre...
...voir ce que c'est...
Encore un! Nous faisons des progrès, Lala.
Déveine... rien vu... mange trop...
CRAC!
ENTRE-TEMPS.
Nous avons sauvé le gosse, mais tout compte fait, nous n'avons guère avancé d'un pas.
58
Nous devons trouver le coupable... l'homme à la bague noire...!? Que nous sommes stupides! Nous l'aurons quand et comment on le voudra!

Lambique, l'homme à la bague noire ne manquera pas de retourner à cet enclos aux vieilles autos pour reprendre le garçon. Nous devons lui tendre un piège!
Très bien, Bobette! En avant, réveille Bob!
Jérôme, nous entrons en campagne avec deux voitures. Ouvre l'oeil
et... le bon!
Aucune crainte... quand Jérôme monte la garde!
GARDE
HP
Prenez de l'autre côté, nous maintenons la liaison par la radio.
HP
HP
59
Et... ayez les yeux dans la poche... euh... la poche dans l'oeil... euh... empochez l'oeil... enfin, vous savez ce que je veux dire !
UNE HEURE PLUS TARD, LA VIGILANCE DE NOS AMIS SE TROUVE RÉCOMPENSÉE.
Allô, Lambique ! Un gaillard genre jeux olympiques vient de franchir la palissade.
Je le prends en judo! Faites bien attention, il y aura des choses à apprendre!
Approche donc, coquin! Je vais te secouer d'importance ...
VLAN!
... quand j'aurai repris la verticale!
CRRiiiiiiiiii
Reste ici, Bobette! Ce n'est pas du boulot pour jeunes filles!
60

Halte ! Haut les mains !
DJING
J'ai repris mes sens au bon moment ... psscht ... je le tiens!
Il ne s'en rend pas compte!
Ahah, pas un spectacle pour les jeunes filles... Moment, vous allez voir ça!
61
Voilà un beau coup...
BONG
... bien qu'à côté !
Avanti!! Il a fui en voiture, nous pouvons peut-être la rattraper.
Suivez-le ! Moi, je tâcherai de lui couper la route!
Raté ! Il file trop vite !
Allô, le Quartier Général ! Ici voitures 717 et 718! Poursuivons voiture du kidnapper ! Il se dirige vers la foire ! Alerte à Jérôme!
HP
62

Jérôme! Ils pourchassent une Citroën dans notre direction! Il faut l'attendre!
H.P.
...Ne faut qu'un mot de vous...
J'ai dit "l'attendre" et non "te détendre"!
Me mettre à la hauteur de la situation...
Autos arrivent...
...joindre l'utile à l'agréable...
...atterrir de justesse devant Citroën...
...petite erreur... derrière...
GRRRiiiTS
...surchauffé...
S'ÉLANÇANT ENTRE LES BARAQUES, LA CITROËN S'ÉCHAPPE.
Tu as au moins son numéro?
Etais pattes en l'air... minute ...tenter de me le rappeler...
J'y suis... c'était le n° ... 1623H!
UNE BAGUE NOIRE... UNE CITROËN 1623H... VOILÀ LES SEULES DONNÉES DONT NOS AMIS DISPOSENT AU SEUIL D'UNE NOUVELLE JOURNÉE À LA FOIRE.

LA FOIRE BAT SON PLEIN. TOUS LES ENFANTS NON ACCOMPAGNÉS,...
VICTOR
GAUFRES
...ACHETEURS DE BALLONS, SONT SURVEILLÉS DE PRÈS.
Allô, allô! Participez à la Hudson Patrouille! 3 frs la course! Des micros dans chaque voiture!
AISSE
HP
?
Voyons Jojo! Ne touche pas à tout!
1623H
65
Lambique, j'ai découvert la Citroën! Là, près des Rocky Scooters!
C'est fort! Ici tout près de nous! Mais attention, le public...
...ne peut se douter de rien, sinon il ne nous resterait qu'à fermer. Ces gens paient jusqu'à 500 frs le mètre courant pour l'emplacement, en plus du pourcent à la police, au pompiers, à la voirie. Sans compter leurs carrousels, tracteurs, matériel et roulottes à 10.000 frs le mètre courant. Nous devons donc agir mais... avec discrétion!
Bobette, toi, monte dans un Rocky Scooter et surveille tout de près. Avant d'intervenir, nous devons être absolument sûrs!
UN PEU PLUS TARD DANS LE ROCKY SCOOTER.
CAISSE
Voilà Bobette, une espionne des Toutebiches. Vite, il faut la liquider de suite!
O.K.! Je m'y mets avec notre scooter super spécial!
66

BOUM
Ce n'est plus du scooter, mais plutôt du bull-dozer!
Maintenant en plein par le flanc!
ZWANG!
Youp, j'en fais, des bonds! Mais gare au ricochet!
Vas-y, Jérôme... Mais avec discrétion.
67
Attention! Voilà ce buffle mal cuit! Ne pas traîner avec lui!
Enfants évacués... baraque fermée... patrons déménageront à l'hôpital...
Se dira sûrement "Ravi de vous avoir rencontré"...
CAISSE
ROCKY
Voilà ce qui est fait... rien de plus que d'être un peu plus rapide que l'éclair... fallait être discret...
5 fr. LA COURSE
68
Où est Bobette?

Non mais! Il n'y a plus de doute!
Lambique, c'est bien la Citroën des kidnappers!
En avant, à toute allure!
1623 H
Patron, la bande des Toute-biches a découvert la Citroën!
Démontez tout et partez. Je vais les conduire sur une fausse piste.
Il se sauve! Vite à nos voitures!
VROUM!
1623 H
Jérôme, monte un scooter spécial, tiens-toi en réserve et attends nos ordres!
METRO
HP
69
La Citroën a une bonne avance et Lambique cherche comment lui couper la route.
Minute! Je vais consulter ma carte!
HP
Il va vers... euh chose... et nous... Où sommes-nous... euh... Eh?... Une déchirure dans ma carte? Ça signifie que...
...Ah, parfait! Une crevasse dans le macadam. Ça correspond à ma déchirure! Donc...
70
J'ai trouvé, Bobette. Avec un peu de veine, nous pouvons le forcer à s'arrêter ici!

Voici! En coupant à travers cette prairie, nous...
...pourrons le cueillir de l'autre côté.
Une veine qu'il n'y ait pas de vaches en liberté dans ce pré, Bobette!
Des vaches, cela ne se voit plus de nos jours, Bob!
Zut! On est vu!
Un fossé!
Ciel! Voilà la Citroën! Coûte que coûte, on doit la faire stopper!
Minute, tu verras! Un peu de cervelle et deux bidons d'huile feront l'affaire!
L'huile le fera déraper et l'enverra dans le décor!
Remets ton joujou, Bob. Je tiens à du...
PLASH!
...travail propre!
Ahahah!

Une petite congolaise? Sortons tout ce qui nous reste de notre congolais. Plus eu d'occasi- on de le parler!
CRIiiiiiiiii
Toi petite négrillonne, toi dire au copain blanc, toi avoir vu auto Citroën?
Elle ne me comprend même pas! Et dire que toute ma vie j'ai rassemblé du papier d'argent pour elles!
VROUM
Le type à la bague noire! Le kid- napper! Enfin!!
T'en fais pas, Bobette! C'est son âge. Il se fait vieux!
J'étais jaloux du succès des établissements Toutebiche. Je voulais les rendre suspects!
Dans ce but, j'ai voulu enlever ce gosse. Mais je vous jure que je ne suis pas dans le coup des autres enfants disparus.
Hmm, je veux bien vous croire,...
...mais je dois vous remettre entre les mains,... les pieds... les... euh... bras de la justice.
PEU APRÈS.
C'était donc une fausse piste et en ce qui concerne les enfants disparus, on n'a pas encore avancé d'un pas. Nous allons à présent...
Chut... Voilà Panjub! C'est le fakir de la baraque "Mystère"...

...je l'ai vu, déjà plusieurs fois, tourner autour de la roulotte des Toutebiche.
Personne ne sait d'où il vient et il s'adresse souvent aux enfants qui ont acheté un ballon!
Nous allons le filer, Bob. Car je suis convaincue que nous trouverons la clef du mystère ici à la foire!
Cela partait de derrière cette roulotte, Bobette. Ne bouge pas, je fais le tour.
20 KM
Si cette menteuse se montre encore, elle reçoit toute la charge!
75
Fini, petits vauriens! Qu'est-ce que cela signifie?
On voulait se venger! Tous les ballons qu'elle vend, s'envolent la nuit!
Le mien s'est envolé par la fenêtre en direction de la foire!
Voyons, voici vos ballons remboursés. Et...n'en parlez à personne. C'était une... plaisanterie!
Bizarre! Jérôme, lui aussi, a vu la nuit un ballon retourner à la foire et entrer chez les Toutebiche.
Tu ne soupçonnes tout de même pas les Toutebiche? Elles perdent bien la tête chaque fois que la carrure de Jérôme se montre, mais de là...
N'importe! Mais ce soir je vais surveiller leur roulotte. A présent, pistons ce fakir.
76

Cette nuit-ci, il faudra les empêcher de rôder autour de la roulotte des Toutebiche !
UN PEU PLUS TARD, DANS LA BARAQUE DE PANJUB, L'ILLUSIONNISTE.
Et à présent le coffre magique. Le garçon et la fillette du 3me rang, voudraient-ils venir sur la scène?
Zut! Nous ne pouvons nous rendre suspects. Viens!
Veuillez-vous mettre dans la caisse. Panjub va vous faire disparaître mystérieusement.
La caisse bien fermée à clé! Solidement entourée de cordes! Et pourtant! Faites bien attention.
77
Au feu! Au feu!
EN UN RIEN DE TEMPS LA BARAQUE SE VIDE ET LES POMPIERS ACCOURENT.
Excusez-nous! C'était une fausse alerte! On a pu nous-mêmes arrêter l'incendie.
Notre truc a pleinement réussi, Banar. Tout le monde est parti et personne...
... ne s'occupe plus de Bob et Bobette. Ceux-ci ne nous dérangeront pas cette nuit !
78

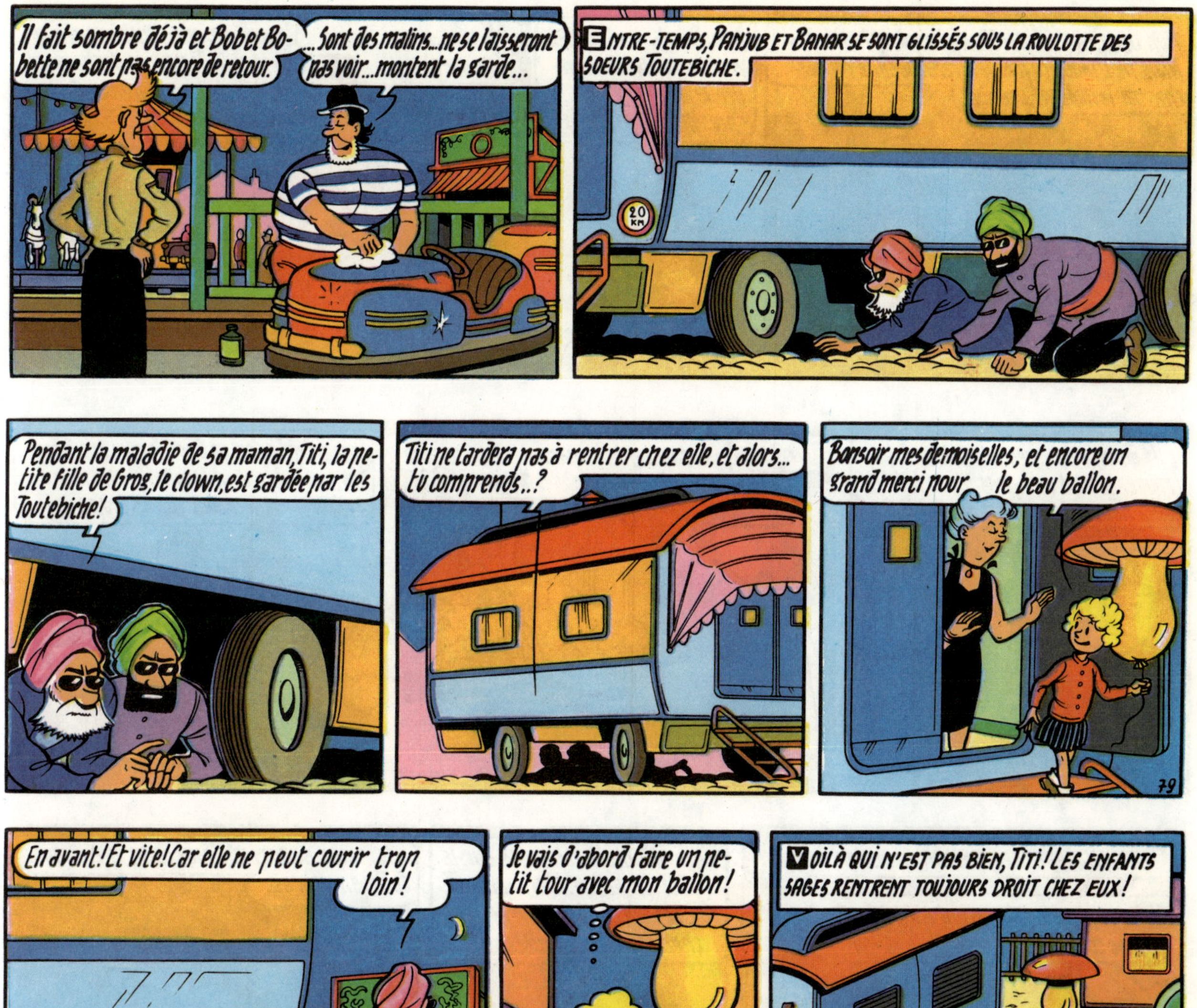
Il fait sombre déjà et Bob et Bobette ne sont pas encore de retour.
...Sont des malins...ne se laisseront pas voir...montent la garde...
Entre-temps, Panjub et Banar se sont glissés sous la roulotte des soeurs Toutebiche.
20 KM
Pendant la maladie de sa maman, Titi, la petite fille de Grog, le clown, est gardée par les Toutebiche!
Titi ne tardera pas à rentrer chez elle, et alors... tu comprends...?
Bonsoir mesdemoiselles; et encore un grand merci pour le beau ballon.
79
En avant! Et vite! Car elle ne peut courir trop loin!
Je vais d'abord faire un petit tour avec mon ballon!
Voilà qui n'est pas bien, Titi! Les enfants sages rentrent toujours droit chez eux!
Grog, va voir chez les Toutebiche. Titi tarde à rentrer. Je commence à m'inquiéter.
Ah, ces gosses! En voilà une qui a même perdu un soulier.
80
Mon Dieu! C'est le soulier de notre Titi!?

Non Gros, elle est partie voici quelque temps déjà. Mais ne t'inquiète pas, je la ferai de suite rechercher par la Hudson Patrouille!
Mon Dieu! Quand ma pauvre femme va l'apprendre. Je le lui dirai en présence du médecin!
Titi, ma chérie! Je vais la chercher!!
Voyons, voyons! Lambique s'en occupera et le docteur te donnera un calmant. Reste bien tranquille!
Elle dormira un peu. Mais il faudra trouver le plus vite possible la fillette, car la pauvre femme en mourrait.
ENTRE-TEMPS
Excusez-nous... par suite de l'incendie nous vous avions oubliés. Ne nous en veuillez pas!
81
De la comédie tout ça, Bob! Ils nous ont éliminés pendant tout un temps. S'il s'est passé quelque chose, ce sont eux les coupables!
BOB ET BOBETTE APPRENNENT LA DISPARITION.
Voilà pourquoi ils nous ont enfermés. Ces fakirs sont les coupables, si... ce n'est le ballon!
Allô, Sidonie! Recherche sur le radar un ballon. Moi, j'attends ici. Les autres font une descente chez les illusionnistes.
Agir par surprise... faut faire vite... maman de Titi en délire...
BOUM!
Entrer et sortir... Personne... ai pourtant trouvé quelque chose!
...l'autre soulier de Titi!
Plus aucun doute... Ce sont eux les coupables! Mais où sont-ils?
82

ENTRE-TEMPS, LE RADAR SCRUTE L'ESPACE.
Allô, quartier général à voiture 717... Radar signale un objet volant à 20 km à l'ouest de la ville!
Voiture 717 démarre! Fera rapport toutes les secondes... s'il le faut durant des heures... Et attention... partons... Autour d'une friture...
...et ce sera tout pour aujourd'hui!
VROUM
BOUM
Prochaine fois... prendre plutôt poteau téléphonique... est plus flexible...
Allô quartier général... avons retrouvé autre soulier de Titi... Illusionnistes introuvables... voiture 717 démolie... Voiture 718 reprend poursuite du ballon!
ROUF!
83
Allô, voiture 718 signale point noir au-dessus de la réserve à gauche de la route...
Cela correspond à la distance donnée par le radar... Prenez à gauche une route de sable
Allô... ordre exécuté...
...bien que...
...cela manque de charme!
Hourrah! C'est bien le ballon! Mais... Ciel?... Devant nous il y a une voiture qui semble le suivre également!
Mille tonnerres! La Hudson Patrouille à nos trousses! Et nous ne pouvons continuer!
Il le faut pourtant! Ils ne peuvent nous rattraper!
DOMAINE MILITAIRE
ACCÈS INTERDIT
DANGER DE MORT
84

Ici voiture 718... auto suspecte s'engage dans les bois... nous la rattrapons petit à petit... ballon descend...
En avant, Bob! Montre ton savoir-faire. Plein gaz! En zigzag entre les arbres!
Nous sortons des bois... Tu peux encore les rattraper avant qu'ils n'atteignent le ballon!
Encore un coup! Cela ne nous coûtera rien... à nous du moins!
Feu!
BOUM!
85
!
PAN!
Ici voiture 718... crevaison... Ballon va atterrir dans le bois... Continuons poursuite à pied...
Ciel!... Le ballon descend à la verticale!
Et tout proche de cette mystérieuse voiture! En avant, d'un bond, Bobette!
DOMAINE MILITAIRE
ACCÈS INTERDIT
DANGER DE MORT
86

On le tient ! File à toute vitesse !
Halte, ne tire pas, Bob ! Titi pourrait se trouver dans le ballon.
PAN
PAN
Ne t'inquiète pas, Bobette. Je leur ai simplement tiré quelques balles dans le coffre... afin de les reconnaître plus facilement !
Tiens, regarde, Bob. C'est ici que le ballon allait atterrir.
Mais il n'y a que des champignons ici, Bobette !
Oui, mais ils forment un cercle magique !
Un cercle magique ? Qu'est ce que c'est ?
Les champignons prennent leur nourriture des arbres et d'autres plantes. Ils poussent autour des arbres et se placent ainsi...
... en cercle. La légende veut que les sorcières se réunissent dans ces cercles.
Mais... qu'est ce que tout cela a à voir avec les ballons et la disparition des enfants ?
Je ne le sais pas... mais les enfants disparus avaient tous un ballon et un de ces ballons voulait atterrir dans un cercle magique. Alors...
Peuh... du pur hasard !
Tu prends toujours tes histoires au sérieux, Bobette !
Ennuyeux ! Tu te promènes avec des revolvers de gosse et tu t'imagines...
Hé toi, ne pousse pas trop, hein !
Oh, je ne voulais pas te faire mal, Bobette !
Silence, mon gros ! Laisse-moi écouter !

C'est comme si ces champignons chantaient!
Je l'entends aussi... mais très faiblement. Je vais chercher l'enregistreur.
Excellente idée, Bob! Nous pourrons ainsi amplifier le bruit. Quelle découverte importante pour la science!
Bien sûr! Mais c'eût été plus important de retrouver la petite Titi!
Allô! Le quartier général appelle la voiture 718!
Juste à temps, Bobette!
Allô! Vous avez trouvé quelque chose?... Racontez vite... la maman de Titi est mourante... seul le retour de sa fille pourra la sauver!
Hélas, nous n'avons pas réussi. Une 2-chevaux s'est emparée du ballon. Elle s'est échappée en direction de la ville. Elle porte les traces de quatre balles dans le coffre.
89
Tu as fait ton possible, Bob. Reviens de suite, nous rechercherons bien cette 2-chevaux.
Grands cieux! La voilà!
Elle s'arrête devant la baraque des illusionnistes. Et ils ont le ballon! Enfin nous les tenons, les coupables!
On y va! Rassemblez les forains! Distribuez-leurs les fusils du tir et encerclons la baraque avec nos scooters!
Les scooters sous le commandement de Jérôme! Les tireurs sous Sophie Carabine! Commandos munis de saufriers dirigés par le patron Victor! Et... maintenant attention!
Allô, allô! Ici la Hudson Patrouille! Panjub et Banar, nous savons que vous êtes les kidnappers! Rendez-vous!
90

Mille tonnerres! Nous sommes assiégés!
Et juste maintenant! Tâchons d'échapper par la sortie de secours!
Trop tard! Rentrons! Nous sommes encerclés!
PAN
PAN
A l'assaut! A nous ces lascars!
Non Jérôme. Ils sont probablement armés. Il y a mieux à faire.
Occupe-toi du ballon. Ils peuvent s'introduire à tout moment.
Panjub et Banar! Pour la dernière fois... Sortez, les bras levés!
Pas de réponse!... Alors voici... une bombe lacrymogène les fera bien sortir!
91
A PEINE LA BOMBE ÉCLATÉE A-T-ELLE RÉPANDU SES GAZ CAUSTIQUES QUE...
PLOP
...SOUDAIN, SOUS LES APPLAUDISSEMENTS, TITI SORT DE LA BARAQUE.
Titi, mon trésor!
Papa! Allons vite trouver maman!
Où sont les fakirs, Titi?
Encore à l'intérieur. Ils ont des masques à gaz.
Ici, Sidonie. Tu traînes toujours un masque à gaz dans ton sac, hein?
92
Je tiens absolument à m'emparer moi-même des kidnappers!

Clic, et je les tiens! Enfin nous allons savoir qui sont ces malfaiteurs.
Le commissaire!? Et monsieur Duval, le père de Miquette!?
En effet, Lambique. Officiellement la police ne peut admettre la thèse des ballons magiques mais...
...pour soulager le chagrin de monsieur Duval j'ai consenti à enquêter incognito à la foire. Et c'est le père de Miquette qui a raison!
Nous avons suivi Titi et nous avons vu comment elle a été engloutie par le ballon. Nous avons pu la sauver. Mais... des autres enfants disparus... aucune trace!
Donc, tout de même les ballons!? Mais pourquoi? Et comment?
C'est ce que les soeurs Toutebiche devront nous expliquer. Elles sont suspectes au plus haut degré! La police ne possède aucun renseignement sur elles... et cela peut vous paraître drôle, mais je pense qu'elles disposent de forces surnaturelles.
M'en suis déjà aperçu... être prudent... laisser faire Jérôme... s'en occupera...
93
Consulte ta boule magique, Lala, pour voir ce que signifie cette agitation à la foire.
Non, Lolo, je réserve mes forces à la réussite de notre...
...plan qui touche à sa fin. Mais je me demande où reste Lili?
ENTRE-TEMPS, JÉRÔME TÂCHE DE PERCER LE MYSTÈRE TOUTEBICHE.
...moiselle Lili... envie petite promenade avec Jérôme?...
...Et es la plus sympathique... allons chez Victor déguster petites douceurs...
TIR ROYAL
Pour moi une glace, Jérôme!
...Une glace... vingt gaufres... seau de crème fraîche...
Jéromio, je sais dans quel but tu m'as invitée.
SPRLUT!
94

Tu penses que je suis la plus jeune, hein ?
Ouf... d'abord flatter un peu... et puis brusquement, lui poser question directe!..
La cadette?... Se voit... Et aussi la plus gentille, la plus sympathique, la plus intelligente...
OH!
... Jeromio!...
Voilà pourquoi je ne comprends pas... que vous fassiez des ballons qui enlèvent des enfants...
QUOI?
Les enlever ?
Oui... moiselle... ballons qui absorbent les enfants... et ensuite disparaissent avec eux... parents malades de chagrin... Pourquoi? Comment?
C'est affreux! Je... je puis l'expliquer ... C'est tellement triste quand on a atteint l'age de 565 ans!
Laisser couler... puis écouter...
95
ENTRE-TEMPS.
Cherchons où Lili peut bien se trouver!
Grosse dinde! Elle va tout dévoiler!
Lili, reviens immédiatement, je le veux... !
Jeromio... pardonne-moi, je ne peux ... je ne puis rien dire.
Jérôme, qu'est-ce que c'était?
N'y pas faire attention... ne dit jamais bonsoir!...
Lili, tu n'avais plus tes esprits? Raconter tout, alors que nous touchons au but !
Tout est perdu, Lala. Les ballons ont enlevé des enfants. La police peut arriver à tout moment.
Cela, jamais! Nous ne pouvons tomber entre leurs mains !
96

... Nous avons échoué et nous devons réparer le mal que nous avons fait! Mais personne ne peut savoir qui nous sommes!
ALERTÉS PAR JÉRÔME, NOS AMIS VONT ARRÊTER LES SOEURS TOUTEBICHE. MAIS LEUR ROULOTTE EST ABANDONNÉE ET...
Attention... font des tours qui dépassent notre intelligence...
Les voilà, sur leur carrousel!
En avant, chères! Suivons notre dernier ballon!
97
Monsieur le Commissaire, alertez la brigade mobile. Hudson Patrouille: dans vos voitures, à leur poursuite!
Ils veulent nous encercler, et Jérôme approche dangereusement. Je dois le stopper net!
Retour à la terre... espère que ce ne sera pas trop dur...
HP
KRiiiiiii
Pauvre Jeromio! Non, pas ça!
98

Merci beaucoup, Lili... où nous mène cette 1- chevaux ?...
Nous devons nous dire adieu, Jeromio! Mais d'a- bord je vais tout t'ex- pliquer.
Allô, Lambique ! Avons perdu Lili et Jérôme de vue ! Lolo et Lala suivent toujours le ballon ! Attendons des ordres !
Le ballon descend, Lala. Tout va bien.
Si seulement on savait où est restée Lili. Elle est capable de tout raconter et... alors s'en est fini de nous !
99
Voiture 718 à 717 ! Suivez la grande route jusque derrière le bois. Je me glisse, habile comme toujours, entre les arbres et les pousse dans votre direction.
Le ballon atterrit ! Laisse les chevaux ici, ils ne sont d'aucune utilité dans les buissons !
Allô, voiture 717 ! Mon bon sens me dit de continuer à pied !
?
LA LUMIÈRE !! Lolo, nous sommes perdues !!
100

?
Toutebichettes, je viens vous prendre!
Oh! Noble fée Fantasia! Pas encore! Nous avons gâché pas mal de choses et nous devons, auparavant, réparer tout!
Vous connaissez nos lois ! Si les hommes découvrent votre secret, vous devez disparaître!
ET CE SECRET... EST DÉVOILÉ... CAR LILI COMMENCE SON RÉCIT...
Jéromio, je vais te raconter notre histoire... snif... bien que cela..snif..me soit défendu..snif.. Ecoute...
Nous sommes des fées, Jéromio. Il y a 565 ans Fantasia, notre reine, nous envoya sur terre pour aider les hommes.
Nous habitions de grands et beaux châteaux et nous étions très versées dans les arts...
...magiques. Mais avec l'âge nos forces ont sensiblement faibli. Lala est encore la plus capable, mais elle aussi ne parvient plus à réussir ce qu'elle a en vue.
Nous avons dû nous adapter aux temps modernes et nous nous sommes installées aux foires où nous pouvons donner de la distraction aux gens.
Et alors Lala inventa une formule dans le but de nous rajeunir et de nous permettre de reprendre nos oeuvres magiques!
...Bien possible... mais n'a rien à voir avec les disparitions d'enfants...
Mais si, Jéromio, mais si! Ecoute donc!

Nous avons fait des ballons que les enfants devaient gonfler eux-mêmes, afin qu'ils soient remplis du..."SOUFFLE DE LA JEUNESSE."
Ces ballons, sous le pouvoir de Lala, devaient nous revenir et nous donner ce souffle de la jeunesse, indispensable à notre cure de rajeunissement!
Hélas! Le pouvoir magique de Lala a failli... et certains ballons ont englouti des enfants et les ont emportés. Cela, nous l'avions ignoré!
Saviez sans doute où sont allés ces ballons!
Non, nous...
Lili, le temps est révolu! Je viens te prendre.
103
Jeromio! Adieu! Je...
Minute... les enfants ... où sont-ils?...
C... cela, je ne le sais pas... Nous avons suivi nous-mêmes le ballon pour les retrouver.
Vous... l'apparition! Vous avez le pouvoir!
Hélas! Je ne puis réparer les fautes de mes fées... Notre temps est passé, les sciences nous ont éliminées!
Ciel... comment retrouver ces petiots.. un moyen... rechercher ballon...
ZIP
ENTRE-TEMPS
Allô, Bobette... Jérôme, Lambique et Toutebiche perdus de vue... Minute... J'entends des coups de feu!
HP
104

Tout cela n'est que de la sorcellerie. Le ballon aussi! Je vais l'abattre!
PAN
Peut durer longtemps... brillamment à côté!
C'est toujours ainsi quand on est pacifiste et qu'on tire à blanc!
Tu peux cesser... je sais tout... ballon va descendre tout seul...
JÉRÔME RELATE SON AVENTURE ET...
Cela paraît exact. J'ai vu de mes yeux Lala et Lolo disparaître. Venez, nous allons chercher le ballon!
Le voilà! Et évidemment ne contient plus rien!
?
!?!... Bien curieux qu'il descende juste à cet endroit.
105
Ce ballon est tombé au milieu de ces champignons et...
Et puis?... Ce qui compte, c'est que nous savons...
... comment les enfants ont été enlevés et non où ils se trouvent. Que devons-nous dire à ces pauvres parents??
Nous l'avons vu! Des fées dingues! Essaie de faire croire ça à quelqu'un, si ce n'est dans une campagne électorale.
PLUS TARD CHEZ LE COMMISSAIRE.
Des fées... de la sorcellerie!! Mettez-moi ça dans un rapport!... Et les parents anxieux attendent ici à côté! Je dois leur dire froidement: "Nous avons abandonné tout espoir!".
Monsieur le commissaire! Une minute! Il me revient un détail...
106

Tante, où as-tu trouvé ce ballon?
Bien, au bois, Bobette! Au milieu d'un cercle de champignons!
Bob, va vite chercher notre enregistreur! Nous avons oublié les champignons chanteurs.
Venez, jouez avec nous! Houn-Jérôme! Houn-Jérôme!
Houn-Jérôme, le nouveau jeu!... inspiré de beau nez bien développé... anneau doit s'accrocher au nez... déjà dans le commerce... amusant... chanson déjà lancée...
La voix de Miquette!!
Les voix de nos enfants disparus!!
Houn-Jérôme! Houn-Jérôme!!
107
Il paraît donc que par suite de la magie manquée de Lala, les enfants enlevés par les ballons ont été conduits au bois et déposés là en cercle sous forme de champignons...
Les parents consternés, des médecins et des savants se rendent sur les lieux afin de procéder à une enquête.
Eh bien, messieurs? Quelles sont vos conclusions? Ces champignons sont-ils vraiment les enfants?
Oui, ce ne sont pas des champignons ordinaires, on entend battre des petits coeurs.
Erreur! Selon moi il s'agit d'un truc publicitaire pour les "toasts aux champignons"!!
Ce qui revient à dire que nous devons abandonner tout espoir de rendre à ces petits agneaux leur forme normale.
Messieurs, ici la science s'arrête. Seul l'auteur des contes merveilleux peut sauver les enfants.
L'état des recherches nous autorise à dire que nous ne saurions nous prononcer...
108

HAUT DANS LES CIEUX, LÀ OÙ JAMAIS NE PARAÎTRONT LES ENGINS INTERPLANÉTAIRES, SE TROUVE LE LIEU DE RETRAITE DES MAGICIENS, DES FÉES ET SPECTRES PENSIONNÉS. C'EST LÀ QUE NOUS RETROUVONS LOLO, LILI ET LALA, PLEURANT AMÈREMENT LES DÉSASTRES PROVOQUÉS PAR ELLES.
FANTOMAS, LE DOYEN DE L'ASSEMBLÉE, S'EN VA PLAIDER LEUR CAUSE AUPRÈS DE FANTASIA.
... leurs intentions étaient pures et leurs larmes sont sincères...
... Tu as raison, Fantomas. Le repentir efface les fautes... regarde bien...
109
ET LA BAGUETTE MAGIQUE DE FANTASIA FILE VERS LA TERRE...
LA BAGUETTE MAGIQUE TOMBE AU MILIEU DU CERCLE ET DU COUP LES CHAMPIGNONS SE TRANSFORMENT EN SIX ENFANTS JOYEUSES!
COMME LE GRAND PUBLIC NE COMPRENDRAIT RIEN À CES ÉVÈNEMENTS FANTASTIQUES PAS PLUS QU'À LA MÉSENTENTE ENTRE LES PEUPLES ET LES PAYS, IL A ÉTÉ DÉCIDÉ PAR LA POLICE ET LES PARENTS DE NE RIEN DIVULGUER.
ET... LA FOIRE CONTINUE, PENDANT QUE NOS AMIS, RÉUNIS CHEZ EUX, S'AMUSENT AU HOUP-JÉRÔME!
Ça ne va pas, Jérôme?
... Assez difficile pour Jeromio... me trompe souvent de nez...
110
FIN

MARC SLEEN

Les aventures de

NÉRON

Le truculent Néron, son fils l'enfant prodige Adhémar, ses dévoués copains Bambou et Boulette, monsieur Claude et madame Bébelle, le fantastique Millesabords... il leur arrive, partout et toujours, quelque aventure singulière. Dans chaque album ils vous entraînent dans leurs histoires pleines d'imprévu et de fantaisie. Mais malgré les dangers et les menaces qui pèsent constamment sur eux, nos héros s'en tireront. Des albums du tonnerre!

Complètement en couleurs

10. Arthur Grosbedon
11. Les Wallabites
12. Le lutin doré
13. Baringo
14. Néron contre la F.F.F.
15. Sacré Théophile
16. Mama Kali
17. Les hommes bleus
18. Le lavoir des chiens
19. Les Nérontiques
20. Les Dinas déchaînées
21. Le cacatoès qui caquette
22. Gare à Castar
23. Les Papricains
24. Le mystère de l'île de Pâques
25. Zongo au Congo
26. Le gorille jaune
27. Le jardin des malices
28. Ivan le terrible
29. La bague du Muphti
30. Les chenilles rousses
31. Patati patata
32. Novembre Noir
33. Le virus du rire
34. La princesse Lovely
35. La moutarde d'Abraham
36. La fleur qui parle
37. Enivrante Charlotte
38. L'homme sans visage
39. La pantoufle volante
40. Brigandage en folie
41. Ottoman XIV
42. Le mauvais œil
43. L'arme redoutable d'Oumtata
44. La disparition du vase de Chine
45. La couronne de Neptune
46. La bague enchantée
47. La comtesse verte
48. Néron et la tête de cheval
49. Les ailes de Xopotl
50. Les Jinkaboums
51. La baleine bleue
52. La flotte en folie
53. Le Clo Clo clan
54. La vengeance du grand Clo
55. Le sixième lutin
56. Le secret de Jean Muscle
57. Hannibal
58. Mister Nobody
59. Le chat de Chatmandou
60. La théière du roi
61. Les Néroses
62. La planète Egmont
63. Les bonbons-ballons
64. Le plou vert émeraude
65. Vas-y Daris
66. La disparition de Néron
67. La retromachine
68. Le B.B. Safari
69. Le gros lourdaud
70. Papa Papou
71. Les hommes-cubes
72. Le château des soupirs
73. Le fantôme de Doucevallée

WILLY VANDERSTEEN

ROBERT ET BERTRAND

Les aventures de Robert et Bertrand se déroulent au XIXe siècle. Ces deux joyeux lurons sont de sympathiques vagabonds, ennemis déclarés de l'injustice, et qui aiment la liberté par-dessus tout.

1. L'ermite de Beaucroy
2. La main noire
3. Le dragon vert
4. Le diable du Val aux roses
5. Le drame de Marie-Souillon
6. Documents secrets
7. Le diable noir
8. Le briseur de grève
9. Les étangs de Mire-mort
10. Aventure en Moldavie
11. La capuche écarlate
12. Les puissances occultes
13. Le dernier vol de l'épervier
14. La catastrophe de Corvilain
15. Le fantôme du Zwin
16. La maison hantée
17. Le joyau englouti
18. Visiteurs insolites
19. Le chat noir
20. Le dernier chèvralier
21. Le duel
22. La ferme aux loups
23. Valériane a disparu
24. Le trésor des Templiers
25. L'ennemi des elfes
26. La secte secrète
27. Le feu vengeur
28. L'enfer de Solferino
29. L'énigme Zarata
30. Secrets du Mont Blanc
31. Les Dinosaures
32. Fantôme sur la voie 7
33. Le Hollandais Volant
34. Filles du soleil
35. Le démon de Paracelse